죽전詩마을

국립중앙도서관 출판예정도서목록(CIP)

죽전詩마을. 2018 제6집 / 죽전시문학회 편. -- 서울 : 한누리미디어,
2018
    p. ;   cm

ISBN 978-89-7969-786-5 03810 : ₩10000

한국 현대시 [韓國現代詩]

811.7-KDC6
895.715-DDC23   CIP2018036018

죽전 詩마을

2018 제6집 · 죽전시문학회

한누리미디어

동인지 제6집을 발간하며……

　죽전시문학회 동인지는 세월이 흘러 벌써 제6집을 발간하게 되었습니다.

　제1집 '참대밭 시마당'(2013년), 제2집 '대꽃 피는 마을'(2014), 제3집 '시마당 대꽃마을'(2015년), 제4집 '죽전시문학'(2016년), 제5집 '죽전시마당'(2017년)으로 하여 발간하였으며, 2018년 올해는 '죽전시마을'로 이름하여 발간합니다.

　시 창작과 낭송, 토론 그리고 동인지 발간 등은 일상적인 업무가 되어버리고 계절에 따라 여기 저기 야외 문학 활동으로 더욱 돈독하게 하나의 가정을 이룬 듯 단단해진 문우들의 모습에 쾌재를 보냅니다.

　상큼한 봄날엔 수원 화성 둘레길을 걸으며 꽃을 노래했고, 여름이 오는 계절엔 오산 물향기공원 그늘 아래 애송시 낭송을 하고, 단풍 물드는 가을엔 홍천의 SONO 콘도에서 1박을 하며 밤새 웃음꽃을 피우고, 여주 이포보를 걷고 맛난 보리밥도 먹었지요.

이와 같이 시와 어우러진 문우들의 활동은 해를 넘겨갈수록 더욱 성숙해지고, 멋진 시창작의 밑거름이 되었습니다.

제6집 동인지 《죽전시마을》 발간을 다 함께 기뻐하며 저희를 지도해 주신 김태호 선생님과 회원들 그리고 성원해 주신 여러분들께 감사드립니다.

더욱더 발전하는 죽전시문학회가 될 것을 기약해 봅니다.

2018년 11월 입동에

죽전시문학회 회장 **박 춘 추**

느티나무 이미지 외 1편

김 태 호

느긋하게 서 있는 우람한 모습
티 내지 않아도 무성한 잎새

오는 사람 가는 사람 받아주고
마을 역사를 꿰고 있는 나무

그래도 백 년이나 천 년쯤
되어서야 나무일 테니

오늘도 흐르는 바람 앞에
날개를 펴고 있는 느티나무

끈

머리를 매면 댕기
허리에 감으면 허리띠
가슴에 두르면 사슬이 되는 끈

지난 날엔 신발끈 조여 매고
운동장을 달리기도 하였지

내 오늘은 이 끈 저 끈 다 풀어놓고
편안한 잠자리에 들려 하네

차례

Contents

차례

Contents

표석화

박춘추

『한국현대시문학』 신인상 등단
한국문인협회 회원
죽전시문학회 회장

백미러(Back mirror)

끈질기게 계속 따라오네
보이는 건 신경 쓰이고, 안 보이면 두렵고
멀어지면 지워 버리고
기억력이 없어 다행이지

붙박이 보여주는 대로
뒤편의 좌 우 중앙
눈알을 힘겹게 굴리며 힐끗
자꾸 뒤가 켕기는가 봐

뒤를 무시하면 앞으로야 질주하겠지만
뒤에서 뭐가 나타날런지 겁나고
그래서 갈림길엔 볼록거울이 있고
살아 움직이는 세상의 눈이 있지
잘 살피라고

앞 보기도 바쁜데 연신 뒤에 신경
꽈당 부딪히고 샛길로 빠져 버리지 말고

조화를 이루어야지… 요즘엔
기억하는 블랙박스, 몰카, cctv도 있다더라
너를 감시하는…

엇박자 사랑

- 상사화와 꽃무릇

잎은 잎대로 꽃은 꽃대로
올곧고 외돌다 스러지는가

긴 설레임 잎을 푸르고 무성하게
님 오기만을 기다리다 시들어 버리고
맨땅에 믿음직한 기둥 올리더니
거만한 분홍색 꽃대 상사화
외돌다 외돌다
어쩌라고 이제야 왔는가

이번엔,
힘차고 굳건한 기둥부터 올려
붉게 단장하고 꼬불꼬불 멋 부리고
한껏 뽐내고 향기를 내뿜는 꽃무릇
물 빠진 갯벌의 외로운 등대
올곧게 올곧게
왔는데 허당인가 봐

그래도, 이상한 것은
어떻게 꽃을 피우고 번식을 했을까
땅속 어둠에서의 뜨거운 포옹
세상에서 가장 부끄러운 연애
지독한 사랑이었으리…

*꽃무릇과 상사화 : 꽃무릇은 수선화과의 여러해살이 외떡잎 식물
로 8월 말에서 9월에 선홍색의 꽃이 핀다. 꽃무릇은 꽃대가 먼저
올라와 꽃을 피운 뒤 꽃이 지면 잎이 나온다.
잎과 꽃이 서로 만나지 못한다 하여 상사화로 부르기도 하지만 상
사화는 봄에 먼저 잎이 피고 진 뒤에 노란색, 분홍색의 꽃이 피고
꽃 피는 시기도 여름인 점이 다르다.
*꽃말 : 이룰 수 없는 사랑/ 참 사랑.

오고 가는 계절

– 가을 길목에서

아지랑이 아롱아롱
노오란 개나리 꺾어 들고
수줍어 볼 붉히던 소녀의 기도

요염한 장미로 한껏 멋 부리고
능소화 늘어지도록 흥청거리며
뾰족구두 아가씨 사랑에 빠졌지

뜨겁던 정염을 뒤로하고
억새 바람 사이로 농후하게 풍기는 가을
이젠 성숙한 여인의 분내를

황금들판 허수아비와 사랑을 나눌 땐
오색 단풍 날리며 축하를
북녘 하늘 찬바람에 기러기 날아오겠지

그을린 피부 주름 깊어가고
오가는 계절에 취해
하얀 머리 구름 따라 흐른다

깜박깜박

방안에 형광등
차도에 점멸등 신호기
방향전환 차량
방송국 중계소 안테나
어두운 하늘에 여객기

나이든 노인
치매 환자
윙크를 보내는 여인
모르쇠의 진실
알 수 없는 현실들
보일 듯 말 듯
알 듯 모를 듯
참 재미있어
너도 깜빡, 나도 깜빡
세상 모두가 깜빡깜빡

봄비

울지 않고 세상에 온 사람 있는가
울어보지 않은 사람 있는가
들풀과 나무 하늘눈물 없이 움이 트는가

첫사랑이 그냥 오던가
은은히 옷 적시며
애틋하게 가슴 아리는
봄비를 맞아 보았는가

벚꽃 지고
이팝꽃 흐드러지고
아카시마저 흔드는 너는
고운 듯 잔인하구나

눈 위 발자국

팔자걸음 안짱다리걸음
하나였다가 둘이었다가
헝클어져 무리 속으로
모두 어디로 갔나

발자국 남기고
뒤돌아본다
에그 왜 발자국이 미울까
조심스레 잘 걸어왔는데

다른 발자국은 어떨까
순간 함박눈이 흠뻑
흔적을 덮어 보이질 않네
내 것만 보고 비교하지 말라네

새로운 눈길 다시 걷는다
그러나 똑 같은 걸 어쩌나
지금이라도 고쳐 보자
아직은 살아있으니

고압 전신주

먼 산 아스라이 능선과 능선을 따라
계곡을 넘고 봉우리를 넘어
나 홀로 묵묵히 서 있네
몇 가닥의 늘어진 굵은 줄로 연결되어
어디서 시작되어 어디로 가는 것인지

우연히 마주친 눈
쿵덕거리는 가슴
허공의 텔레파시
못 이룬 사랑 어디로 가나

다가가니 접근금지 요란한 경고문
웅장하고 하늘 닿을 듯 뻗어 있네
윙윙 소리와 더불어 고압의 전류
겁에 질려 쪼그라든 몸과 마음

따스한 눈길 한 번 주지 못하고
손 한 번 잡아보지 못하고

뜨거운 전류에 혼자 감전되어
옴짝달싹 못하네

어느 외딴 곳에서 시작하여
고압의 뜨거운 전류를 보내는데
언젠가는 땅속으로 들어가겠지

허공으로 홀로 보낸 뜨거운 정
댕그라니 전봇대가 되어
전선 없이 녹슬어 가겠지

주말 텃밭 소묘

주말이면 찾아가 흥얼거리는 텃밭
6월의 폭염과 가뭄에 몸살 앓아도
제 몸을 키워내는 멋스럼에 환호를 보낸다

노오란 꽃 해맑게 피우고
탐스런 오이가 삐죽삐죽 주렁주렁
방울 토마토가 기다란 가지에 늘어진 채 올망졸망
하얀 꽃 얄궂은 풋고추 몇 개 아래로 고개 숙이고
한낮 활짝 핀 별꽃에 하루 다르게 성년이 되어가네

상추가 무성하게 숲을 이루고
근대와 아욱 된장과 어우러지고 싶다고 야단이고
옆에만 가도 묘한 향기를 내뿜는 고수의 감칠맛
쑥쑥 크는 열무와 부추도 분위기 맞춘다

의젓한 토란잎 꼬마 우산 되어 펼치고
옥수수 우람하고 씩씩하게 하늘로 치닫는데
잡초는 우릴 무시하지 말라며 도란도란 속삭이고

하얀 꽃 개망초와 고들빼기 노란 꽃이
텃밭 주위 배경을 아름답게 수놓는다

지하수 시원한 물 긴 호스 연결하여
목마른 채소들에게 갈증 씻겨주는데
이따금 벌 나비 날아와 춤추는 곳
나도 덩실 너도 덩실
자연과 어우러지는 텃밭의 한낮

딱 한 번만

어쩌다 이리 되었나
부자 되었네 망해 버렸네
출세했네 거러치 되었네
똥물이 튀기지 않는다면
너의 인생 네 맘대로 하려므나

그런데 그 게 정말로
너에게만
딱 한 번이었음 좋겠어

왜 이리 아우성인가
쌓인 쓰레기 치우는 데도
불안하고 두려워지고
곳곳이 시끄러워
살다 보면 썩은 악취 풍기는
또 다른 쓰레기 생길 텐데

입가에 야비한 웃음은

딱 한 번만이라고 하지만
쐬주 딱 한 잔만 마실 수 있을까
그 뒤가 걱정스러워

악기는 운다

어제까지도 가을이었는데
갑자기 영하의 기온 코와 귀 시리다
첫 추위에 바바리코트 깃 세우고
빈대떡에 막걸리 몇 사발
가끔 들르곤 했던 낙원상가로 발길 돌린다

여러가지 악기가 제각기 운다
손으로 뜯고 두들기고 누르고
입으로 불고 빨아들이고
발로 밀고 당기고
저마다 옹알거리는 소리 화음 되어
귀 익은 음률에 어깨 들썩
흥에 겨워 온몸 바르르

서투른 연주로 한바탕 흐드러지게
춤을 추던 또렷한 기억
하나로 어우러진 신의 악기였지
온갖 소리에 자연스런 하모니

몸의 율동 짜릿한 전율

그날의 온기가 아직도 아련한데
슬그머니 찬 공기에 숨 돌리려
다시 코트깃을 세우고
인사동 골목을 나선다
뒹구는 낙엽 밟으며 발길 닿는 데로

알다가도 모를 일

황당한 고난과 변덕스러움에
세상이 요란하니 자연도 요지경
순서 없이 동시에 꽃이 만발하더니
찬바람의 급습으로 피다 말고 얼어터지기도

봄볕에 앵두 매실 살구 목련까지…
향기를 뿜으며 요염한 자태 자랑
하지만 너무도 조용해
벌 나비는커녕 파리 한 마리 없네
누구를 위한 향연인가

고운 시를 써 봐도 구리고
향기를 뿜어도 호랑나비 축 늘어지고
윤택한 놀이마당 더러운 손 타고
검사도 뾰족한 수가 없나 봐

그럭저럭 봄은 가고 여름이 오나 봐
여기 저기 어우러져 또 술판 벌어지고

기다리는 열매는 어찌 되려나
쪼그라 멍든 가슴 어찌 되려는가

모두가
알다가도 모를 일들…

마지막이라 말하자

'한 번 더' 라는 말은
얼마나 여유로운 말인가
그러나, 거추장스러워 싫어
한 번 사는 삶인데
언제 또 한 번을 위하여 낭비하나
모든 것이 마지막이라 생각하고
다짐하며 행동하면
최선을 다하고 후회도 없지

다시 올 수 없다는 것
이 얼마나 야릇하고 설레는 일인가
죽을 힘을 다하여 몸부림칠 테니까
우린 늘
이것이, 마지막이라 말하자
헛된 생각들 하지 말고…

손 선 희

충북 영동 출생
2010년 교육공무원 명예퇴임
죽전시문학회 회원

소나무들의 판토마임

곤지암 화담숲
다양한 몸짓의 소나무들
제각기 다른 얼굴을 하고
관람객을 위해 공연을 하고 있다

틀어올리든
휘어내리든
허리를 빙빙 돌리든
조련사의 뜻대로
몸을 만들고

저리고 아픈
철심 박힌 관절
따갑고 쓰라린
폭염에 터진 살갗
그러나 말할 수 없다
판토마임 공연중이므로

관람객이 다 가거든
올렸던 팔 내리고
조였던 허리띠 풀고 좀 쉬어라

백일기도

한치 앞도 못 보기는 마찬가지

넘어져 손목 부러진 나나
위험한 길인 줄도 모르고
인도로 기어나온 너나

깁스한 팔로
달팽이를 안전한
수풀 속으로 넣어준다

너 이눔, 오늘 운 좋았지?

필경
둥굽은 니 어미의 백일기도가
있었으리라

벚꽃

설레임으로 다가온 너
슬픔으로 흩날리는 너

꽃비를 맞으며
두 팔로 안아
영화 속 주인공이 되어 보지만

잡히는 건
온기 없는 사랑
허허한 그리움뿐이더라

허허한 그리움뿐이더라

첫눈

첫눈은
어설프게 내리는
나의 옛사랑

가슴 두근거리며 맞이하지만
이내 아쉬움만 남기고 멈추어 버린
나의 옛사랑

눈맞춤할 새도 없이
이내 사라져 버린
나의 옛사랑

부끄러워 상기된 내 바알간 볼에
차곰히 입맞춤하는
나의 옛사랑

그리운 것도
아쉬운 것도
늘 기다리는 것도
또한 닮았네

하얀 밤

소금 항아리 속
코고는 소리
들릴 것 같은
낮같이 환한 하얀 밤

달빛도 조심조심
바람 한 점
몰고 오지 않는
정지된 화면 같은 밤

그림자도
바싹 붙어
떨어질 줄 모르는구나

임금님 귀는 당나귀 귀

여차 여차하여 알게 된
어떤 이의 출생의 비밀

그 순간 나의 혀는 날개가 솟는다
누군가에게 이 기막힌 비밀을 알리고 싶어
날개가 움찔움찔

누르고 눌러도 튀어나오는
두더지게임처럼
불쑥불쑥 솟구치는 이 마려움

나도 바람부는 대숲으로 가야 할까 보다
가서 크게 외쳐보리라

'임금님 귀는 당나귀 귀' 라고 외쳤던
어느 이발사처럼

주여
내 입에 파수꾼을 보내주소서

운중천 산책길

개망초 줄기 이리저리 옮겨 다니고
촐싹대는 박새의 인사를 받으며 걷는
아침 산책길
길옆 노란 금계국의 도열을 받으며
어깨를 으쓱, 나는 여왕이 된다

나팔꽃을 닮은 메꽃
엉겅퀴꽃, 쏨바귀꽃, 칡꽃, 부처꽃
갈퀴나물꽃은 오호라 잎이 갈퀴를 닮았구먼
작은 꽃이 옹기종기 모여 꽃다지
진홍색으로 고개 빼들고 미모를 자랑하는 솜털 보송 양귀비꽃
꽃조차 사람마음을 빼앗는 것을 보니
손색없는 그 이름이다

마음이 없으면 존재조차 모를
자그만 꽃들이 이렇게도 예뻤나

잦은 비에 때 벗겨진 개울물엔

어디서 왔는지 청둥오리 한 쌍 노닐고
왕복 4km 운중천
꽃이름 검색하며 걷는 길
이 길, 이 시간이 나는 좋다

참 좋다

하얀 눈

눈이 되고 싶다
서두르지 않아도
유유히 그리고 조용히 내려 대지를 덮는
하얀 눈이 되고 싶다

추억으로
설렘으로
혹 누군가에겐
아픔일지라도
말없이 모든 걸 포용하는
눈이 되고 싶다

영겁의 시간 속에
망망한 이 우주 속에
내가 서 있는
이 공간에서 만나는

하얀 눈이 반갑다

이해력

1학년 한글 공부시간
칠판에 문자카드를 붙여놓고
글자 공부가 한창이다

'영수가 넘어졌습니다'
자, 읽어보자

'영수가 자빠졌습니다'

그렇지 그렇지
넘어진 거나 자빠진 거나 다 같은 뜻이지

'글자는 몰라도 이해력은 우수한 녀석이로군'

고향 생각

고향집
겹겹이 추억이 쌓인 나의 고향집에 들렀다
물 졸졸 흐르던 도랑 건너편 우르르 몰려왔다 날아가는
새들의 쉼터였던 키 큰 미루나무에선 지금도 매미소리
들리는 듯한데
멍석 위에 호두알을 말리던 그 마당
애개~
이렇게도 작은 마당이었어
고향집은 몸집이 아주 작아져 있었다

친구들
한데 마당이라 불리던 한쪽에 재를 모아두던 잿간 위로
사다리를 타고 올라가면 멍석이 깔려 있어 우리들의 무
대가 되어 주던,
그 친구들 어디서 어떻게들 살고 있을까
보고 싶다 친구야~

거적더미

가을이면 마당 한쪽에 밤송이인지 호두인지를 모아놓고
거적을 덮어
껍질을 썩히던 그 더미가
지금도 나를 풍요로움으로 이끌고
콩타작하던 마당에서 넘어져 그 그맘때만 돌아오면
다리를 아파했다는 후일담도 귀에 익고

엄마가 둘

○애 언니네는 엄마가 둘이었던 집
바싹 마른 큰 엄마가 아기를 못 낳아서 작고 통통한 작은
엄마가 자기들의 엄마라고 하던 순, 애, 옥, 숙, 그 언니들
은 지금 어디에 살고 있을까
호두나무집이라 불리던 그 집 아저씨 참 푸근했는데~

제니스 라디오

저녁이면 동네언니들 모여 아버지가 틀어주신 라디오를
들으며 웃고 울고 하던 그 모습 아련하고 유성기 속에서

흘러나오던 '황포돛대' 노래는 지금도 생각나는 고향의
소리

자랑스런 아버지

동네에선 유일하게 하얀 와이셔츠에 넥타이 매고 출근하
시던 잘 생긴 우리 아버지,
어린마음에도 참 자랑스러웠지
퇴근이 늦어 산길로 오시는 아버지가 걱정되어 창호지문
중간에 붙여놓은 작은 유리로 달빛 하얗게 내린 바깥을
내다보던 어린 날의 내 모습도 추억이란 사진 속에 찍혀
있고

거 산에서 나무하는 놈 누구야~

산에서 외손주가 땔나무 하는 것도 모르시고 소리치시다
외손주와 사이가 데면데면하셨다던 울 할아버지
지금은 바람이 되어 산의 나무를 보호하고 계실까

그립고 그리운 고향 풍경이다

손정숙

가천대 시 창작반 수료
대전효문화진흥원 · 초우문학회 공동백일장 대상
『국제문예』 등단
국제문인협회 회원
죽전시문학회 회원

새 마음
이대로가 좋다
부케 닮은 군자란
꽃 중의 꽃
떨이요, 떨이
지아비의 적토마를 보내며
뿌리 잇기
아빠 된 아들
백일 맞은 쌍둥이
말, 말, 말

새 마음

새롭게 시작한 다짐
저 멀리 까맣게 있네

산 넘고 물 건너다
뿔뿔이 흩어져
겉옷만 떠다니네

다시 붙잡아 건져 올려
다듬질하여 세워 놓은 각角

돌풍에 매 맞아도
굳건하게 자리 잡아라

이대로가 좋다

점 하나에도 꽂히는 가슴
배고픈 주머니라도
시로 물들인다

오감에 앉은 향기
무지갯빛 엮어
흘러나오는 희로애락
꿈틀거리며 피돌기하다
선보이는 시 한 편

쑥스러 감추고 싶다가도
하나뿐인 나만의 한 수

좋다
이대로가, 참

부케 닮은 군자란

감홍색 왕관을 쓴
군자란이
3월을 열고 있다

호된 추위를
잘 버텨온 장한 모습
올곧게 자랐다

어르고 달래며 보살핀 세월
긴 기다림 끝에 찾아온
우아한 보람

오늘은
시집가는 처녀의 부케처럼
환하게 웃고 있다

꽃 중의 꽃

당신은 내 안에
나는 당신 안에
포개지는 한마음

다른 곳을 향하고
색깔이 달라
불꽃 서리꽃이 피고 져도
기쁨 가득이라오

맞잡으면 어색한 손
멋쩍어 한 발짝 물러서지만

마음을 적시는
시들지 않는
내 사랑
기둥꽃

떨이요, 떨이

아파트 장날은
여기 시끌 저기 시끌

좌판에 늘어놓은 야채 생선…
살 탱탱 물 탱탱이
일등으로 팔려가고

시원찮은 삼등품은
해거름까지 자리 지킨다

목청껏 외치는
"떨이요, 떨이"에
발걸음 모이고

"여기요, 저기요" 부르면
후한 인심에 장바구니 불룩하다

구부린 허리 펴시는 장터 아저씨
두둑한 주머니 덕에
하루 시름 말끔히 잊는다

지아비의 적토마를 보내며

20년 넘게 천리를 마다않고
길을 누빈 적토마

일터에도
장터에도
방방곡곡 짜증 없이 달리고
애지중지 걸레질하며
손때 묻도록 정성을 쏟은 애마

늘그막엔 삐걱거리며
심장이 부르르 떨고
굽마저 닳은 소나타
가다 서다 떼쓰며 울부짖어
눈앞에 섬광이 번쩍였지

선뜻 고삐를 내놓지 못하는 지아비
듬뿍 든 정 아쉬움이 몰아쳐
뚝뚝 흘리는 눈물

그 님이 떠나면 오죽하랴

잘 가거라
추억을 쌓은 그림자

뜨거운 불 속에 몸을 살라
다시 태어나 곱게 단장하고
부디 어디서나 사랑받길

뿌리 잇기

아홉 봉오리 가지 뻗고
푸른 잎 무성한
손씨네 나무

보릿고개 넘나들 때
허리띠 졸라매며
배를 채워 주시고
바른 길 인도하시던 어버이

눈보라 비바람에도
꽃 피고 열매 맺으며
가을걷이 풍성했네

금빛 내리사랑 가득 담아
내 새끼 키우고
또 그 새끼에 새끼로
튼튼하게 이어져

대나무처럼 곧고
늘 푸른 잎으로
어디에나 쓰임이 되는
기둥 되라네

아빠 된 아들

별 초롱 눈망울
도톰한 콧방울
크고 솟은 쪽박귀
널 빼닮은 남매둥이
어야 둥둥 내 사랑 낳았네

유난히도 야무져
친구들 잘 아우르고
부러움 사던 너의 어린 시절

탈없이 자라 어른 되어
힘든 고개 넘나들 때
꼭 안아주며 버팀목 되어 주고
스스로 헤쳐 나가
입가 꽃을 피워 주었지

평생 함께 할 짝 만나
홀로 서며

기다리던 분신
한꺼번에 낳은 쌍둥이

아들아!
네가 틔운 새싹
기쁨도 잠깐
보듬어 바람막이돼 주고
가는 길 지켜보며
훌륭한 이정표가 되려무나

푸드덕 날개 펴고
네 곁을 떠날 때까지

백일 맞은 쌍둥이

웃음소리 넘쳐나는 아들 집
밤을 지새 눈꺼풀이 내려앉아도
한 아름 기쁨 안겨주는 둥이

어느새 맞이한 백일
눈 마주하면 함박꽃 피는 얼굴
제법 옹알옹알
둥이들만 아는 대화
할배 할매 너털웃음에
콧노래 절로 나네

그 무엇이 부러울꼬
하늘에서 내려온 천사

매화를 닮아 기품 있고
난초처럼 맵시 나며
국화를 닮아 향기롭고
대처럼 푸르게 푸르게

날로 날로
쑥쑥 자라렴

말, 말, 말

말에도 비밀이 숨어 있다

솜털인가 싶으면
천 근 만 근 무게 잡고

가시 품고 찌르면
폭탄으로 되받는다

앞뒤 꼬리 자르면 오발탄 낳고
꼬리가 물리면 배배 꼬인다

비수로 후벼 파는 상처
새살 차기 몇날 며칠

천 냥 빚도 혀끝 하나로
나긋나긋 향기롭게
꽃잎 실어 띄워봄세

송정제

『시와 수필』 등단
죽전시문학회 회원
『시와 수필』 회원

마을버스 정류장에서

분당 서울대병원 아래쪽
한적한 마을버스 정류장에
기대앉은 노인 목 고개 빼고
사방을 두리번거린다

병원행 노란 버스 멈췄다
떠날 때마다 우두커니 앉아서
내리는 사람 말없이 눈 사진만 찍고 있다

누구를 기다리는지 투덜투덜
벚꽃 구경 가자 기다리게 해 놓고 오지 않는다며
뉘엿뉘엿 떠나는 봄볕 붙잡으려
안간힘 쓰고 있다

마음 나눌 벗 없는 노인
붙잡힌 눈길 차마 뗄 수 없구나

매미의 풍장

숲속의 합창무대서 가출한
쓰름매미, 땡볕 길바닥 끌어안고
기도하듯 엎드려 있다

속이 훤히 보이는 망사옷차림
심장의 맥박은 벌써 멈췄고

세상에 사는 날 겨우 한 주일뿐인데
그마저 앞당겨 마감하다니

작은 몸통 거두어 나무 아래
풍장으로 떠나보냈네

흙으로 돌아가 다시 태어날
그 목소리 귀에 쟁쟁 들리는구나

철길에서 전하는 꽃말

발길 드문 강릉 동해선 철길 한가운데
돌무덤 뚫고 나온 애기개똥풀 한 포기
노랑꽃 몇 개 피워내며 버티고 있다

사람은 얼씬 못해도 봄볕에 겨울 화초는
보는 이 듣는 이 없어도 괘념치 않고
이따끔 으르렁대는 열차 밑창에서
푸른 꿈 키우며 산다

바닷바람이 불어올 때 가냘픈 꽃대 흔들며
아무도 돌봄 없는 풀 한 포기의 고난
하물며 사람이 넘어서지 못할 리 있겠는가

축 처진 등 토닥이며 격려를
전하는 애기개똥풀

눈꽃

잎이 하늘에서 내려와 피는 꽃
잎 떨어진 나무 가지에 함박눈꽃이 핀다
피었다가 제 무게에 못이겨 피면서 지고
새들의 날갯짓에 후두둑 떨어진다

남의 힘 빌려 아름다움 자랑하는 눈꽃은
햇빛 나는 순간에 주르르 물로 변하고
바람 불면 허공 떠돌다 휙 사라진다

언 땅에 뿌리 내리고 처절하게 피는 겨울꽃도 있다
낙엽으로 눈 비 막고, 덜덜 떨면서도
꽃망울 키우고 한 잎 한 잎 피워낸다

눈 속에 노오란 꽃잎 드러낸 복수초,
땅에서 솟는 불길처럼 눈부신 생명도
하늘에서 내리는 눈꽃에 가려 길을 잃는다

수목원에 빚진 사람

녹색 숨구멍, 매력 넘치는 물향기수목원*
섬 같은 도심의 숲은 산소 내뿜고
작은 잎새는 눈부신 햇볕 가리개로
일상의 쉼표 찍는 그늘을 내려준다

낯선 새들 나무에 앉아 목청 돋우고
산책로 갓길에 늘어선 여름꽃들, 손님맞이
날리는 향기에 묵은 시름 털어낸다

숲속 쉼터서 시 낭송하며
상수리나무 오르내리는 청설모와
숨바꼭질하며 함께 어울렸네

아낌없이 주기만 하는 숲의 사랑에
상처 받은 마음도 치유를 받는데
사람들은 언제쯤 숲에 진 빚 갚으려나

*물향기수목원 : 경기도 오산시에 있는 시민 휴식공간

민들레 홀씨

뻣뻣하게 목고개 들고 있을 때
보이지 않던 너
고개 숙이니 은빛 홀씨로 반긴다

흐드러지게 붉게 핀 연산홍 발밑에
심지도 가꾸지도 않은 납작
엎드린 노오란 민들레
어둠 속 구름 뚫고 나온 달빛보다
더 환하다

민들레 홀씨는 바람에 날려
새봄을 기약하는데, 사람은 뭔가를
남기려 기념 동상 세우려 버둥거리고

역사는 죽은 자를 위한
변명의 안식처란다 민들레 홀씨가
킥킥 웃는다

사라진 나비의 학춤

비 그친 아침 햇살에 눈뜬 노랑나비
너울너울 학춤 추며 빙빙
집 마당 돌며 모습을 뽐낸다

능소화 꽃숲 곁으로 젖은 날개 말리려
오르락 내리락 빙글빙글 산책하네

운명의 엇갈림은 언제나 순간에 닥치는 것

딱새 한 마리가 한가로운 나비를 덮치고
나비는 몸을 날려 결사적으로 도망친다

먹이에서 벗어나려 날개에 땀나도록
바둥거렸으나 덜미 잡혀
나무 그늘 사이로 자취를 감춘다

곤충도 약자는 비명 한 번 못 지르고
작은 부리새의 혀만 즐겁게 물들이네

새로운 친구

혼자인 줄 알았는데 정들었던 친구들 떠나간
빈 자리, 독차지한 외로움

한사코 싫다며 밀쳐내도
스쳐가는 인연조차 없으면서
바싹 마른 빈 가슴 비집고 파고 든다

외로움은 누구에게나 운명처럼
찾아오는 평생친구
언제나 함께 있겠다며 속삭이는구나

소리없이 찾아오는 외로움 벗 삼아 내면에서
속사정 나누다 보면 울적한 마음
사라지고 외로워도 혼자는 아니었다네

오월을 기다리며

어린이도 아닌데 오월을 손꼽아
기다리는 할머니
누구 하나 아는 이 없는 낯선 땅
기숙학교서 배우고 있는 손녀 생각

하루도 빠짐없이 간절한 기도로
교감하며 안녕을 소원한다
전화는 숫제 못하고 카톡조차
망설이다 두 달에 한 번 정도

서영이가 보고 싶다
많이 많이 보고 싶구나
언제쯤 만날 수 있겠니

새봄에 보낸 편지 답장에
저도요, 오월에 만날 게요
할아버지 안부는 없어도
한쪽에 말하면 다 포함된다는
유권해석에 입이 저절로 닫혔다

봄을 파는 노파

아침부터 해거름까지
높다란 지하철 계단 밑,
지하상가 입구에 겨울옷 걸친 노파
봄을 가득 담아 판다

쑥과 냉이 담긴 바구니
나란히 앞세워 놓고
바쁘게 오가는 사람들 보고
세 개의 손가락 치켜세워 흔든다

구부린 등 옆에는 메고 온 가방
꺼내지 못한 것들 비닐봉지에
아직도 남아 있는데

하루 삼십 킬로씩 북쪽으로
달아나는 봄, 힘겹게 붙잡았으나
돌아갈 시간에 쫓겨
봄을 거둔다, 주섬주섬

노파의 손길에 자리걷는 봄내음

봄비

봄비가 물 물뿌리를 들고 겨울을 녹이며
생명의 자양분 가득 품고 가만 가만히
땅속으로 스며든다
메마른 나뭇가지, 이름없는 들풀들
눈뜨고 싹 틔우라고 조용히 흔든다

봄비에 잠깬 뭇 생명
두렵고 떨리는 마음으로 가슴에 품는다
사랑의 씨앗, 잎과 꽃 피우고
향기 휘날리며 벌 나비 모아
신비의 생명 노래한다

봄비 내리는 날
갈라진 가슴에 물대는 단비 되어
갇힌 섬에서 밝은 세상 나오는
행렬에 함께 외치고 싶네

떠나는 뒷모습

헤어짐을 예비하는 분주한 계절
시퍼런 초록잎 뒷걸음질 치고
노오란 은행잎 서늘한 가을 내려놓네

세상에 뿌리 내린 지 사 억 년 된 은행나무
벌레도 물리치고 빙하기 멸종 위기도
견디고 일본에 떨어진 원자탄 폭격에
살아남은 끈질긴 생명력

뭇 나뭇잎, 벌레의 먹잇감 되는데
상처 한 곳 없는 오로지 노오란 색
한 가지로 산뜻한 단풍 드러낸다

청명한 가을햇살 생명의 신비로움
물들 때도 아름답고 떠나는 뒷모습도
아름다워

엄지 척

손가락도 말을 건넨다
입으로 말하지 않아도

열 손가락 번쩍 들어 좌우로
돌리면 반짝이는 별이 되고

검지를 다른 사람에게 뻗으면
삿대질 되고
엄지만 치켜들면 으뜸을 나타낸다

두 손 마주 잡으면 반가운 정 오가고
한 손 흔들면 헤어지는 아쉬움을 전하지

하지만,
손가락을 자기 마음대로 바꿔 주먹을 쥐면
미움과 분노로 치달리기도 한다

다른 사람 겨누는 가혹한 검지잣대 내리고
엄지 척하면 세상소음 줄어들 텐데

홀로서기

나 그 곳에는 결코 가지 않으리라
고개를 돌린다
주택가 어귀에 걸린 플래카드
무심히 지나치다 어르신네 모신다는
글자가 눈길을 붙잡는다

낮과 밤 가리지 않고 차로 데려가고
데려다주며 정성껏 모시겠다는 돌보미센터,
요양이라는 말 대신 친근감 주는
산뜻한 우리말 간판
복지시대에 생긴 새로운 용어라네

넘어지고 일어서고 비틀거리면서
여기까지 견뎌낸 홀로서기 연습
생명의 소중함도 거래의 대상이라니
아직도 가야 할 길이 멀고 춥구나

오정림

천안 연암대 조경과 졸업
국립산림과학원 근무
죽전시문학회 회원

어머니의 나무도장

언제부터 나랑 함께 왔을까
이름마저도 낯설어 보이는
뭉개져 닳아버린 이 나무도장은

내 사물함 잡동사니 속에 엉켜져
한 번도 귀하게 대접 받지 못하고
살아온 생만큼이나
닳아져 버린 이름은
그래도 그 속에 남아 있는 사랑 하나로
내게 남아 있는 것일까

이름을 본다
정… 복… 금…

여자라는 숙명으로
이 도장을 어디에 얼마만큼
찍어 봤을까?

내게도 도장이 있다고
연습 삼아 찍어 본 횟수가
더 많았을 이름을

누구네 딸로 불려지다가
누구의 각시가 되고
누구네 며느리로 불리다가
누구의 엄마가 되고
누구네 할머니로 살다가 간
이 이름의 주인은 누구였던가?

그래도 그것이 어떤 의미였길래
아직도 내게 낡고 초라한 기억 속에
남아 있는 것일까

이 십여 년 전 가슴에 남아있던
그 모습이 마지막인데도
내가 즐거울 때 알지 못했지만

힘들어 지칠 때 늘 내 곁에 계셨던
내 어머니의 이름

나는 무심결에
손으로 한 번 쓰다듬어 보고
그곳 그 자리에 그냥 두었네

*♡이 글을 고 정복금 님에게 올립니다.

고로쇠나무의 외침

게으른 겨울 밀치고
바지런한 봄

한 줄의 나이테를
만들기 위해

메마른 가지에
길을 내고

바쁩니다, 힘드네요
수액 올려 살아나기가

제것이예요
가져가지 마셔요

아파요
죽어가요

당신의 욕심 때문에…

제사 잔을 올리며

아무도 없는 허공에
많이 드셔요. 이거 좋아하셨죠
젓가락 이리저리 옮겨드리고

앞에 계신 것처럼
아이들 이야기
두런두런 바램을 꺼내고

사랑하는 넋 옆에 모셔두고
아무도 없는 외로움에
멍하니 창밖 본다

부모님께 술잔 올리던 그대도
부모님 옆에서 잔을 받는 처지로
풍선 속 공기이듯 한 삶

태초에 이별과 아픔이 없었다면
웃음과 행복만 있었더라면

창조주 원망해 보지만

가는 세월 야속하게 흐르고
나도 저 옆자리에 앉아
술잔 받을 날 멀지 않겠지

당산나무

수백 년 변화무쌍
묵묵히 받아 품고
마을 어귀에
당당히 버티어

안개같은 인생사
겹겹이 지켜보며
간절한 소망
애끓는 소리
너그러이 들어주네

색동무늬 새끼줄로
치장해 줘도
손사래 치는 잎사귀

욕심 없는 네게서
인생 배우고
우리네 삶도
널 닮았으면…

이불 속 밥그릇

언니야 나 잘래 이불 펴줘
농짝 위엔 까만 무명천 이불
뗏발로 당겨 뒹구는 이불 속에서
땡그랑 퍽, 놋쇠 밥그릇 나뒹군다

하얀 밥알갱이 온방, 이불에 다닥다닥
한 알 한 알 줍느라 졸음에 힘겹던 일
아버지 밥그릇은
늘 이불 속에 있었다

집안일 뒤로하고 마을일이 우선이신 이장님
아랫동네에 작은집 두고
기생 술집 문지방 닳아도
지아비 쌀밥 이불 속에 넣으시던
어머니 지극정성

대를 잇는 유교 본이 되어
가장 높이시니
자식들 모두 욕되지 않고 바르더라

초딩동창 재회

– 격포해변에서

바닷물 처얼썩 철썩
파도 새끼 꼬아 담장 두르고
소금꽃 피어 하얀 비금도

콩나물시루 몸부비며 자란 아이들
꿀꿍새 소리 보리 익히면
진달래 따라 오르락내리락

수업 끝난 여름 명사십리 달리고
육지 바람 바다에 담아
발가벗은 아이들 파도에 몸 띄웠지

허수아비 새 쫓기 바쁜
누런 들녘 병아리 우르르우르르
메뚜기 뛰고 병아리도 뛰었지

나무 냄새 풍기는 난로 도시락 얹고
책상 위 달리고 딱지 때리며

교실 떠나가듯 목소리 영글었지

그 새싹들 얼싸안고
폴딱폴딱 뛰자꾸나 장구치고 북치고
교실 울리던 함성 유행가로 터뜨린다

짝꿍 넘어질세라 꼭꼭 손잡고
소풍가던 명사십리 추억
격포해변에 다시 펼쳐
코흘리개로 세월 돌린다

*2017년 10월 21일 가을 초교동창회에서

정 굽기

영상폰이 울린다
스크린에 귀숙이가 떴다
하얀 머리 숏커트 중후한 여인
미용실 수다로 시작된다

야 너무 이르잖니
멋스럽긴 해도
나이 들어 보여

아니야 염색하기 귀찮아
그래도 괜찮지 않니
미용실에서도 못하게 해

수천 리 떨어져 있어도
친근 거리 60cm
살갑게 내 눈 맞춘다

강산이 몇 번 바뀌어도

옛 추억 새 정에 담아
수다로 세끼줄 꼬아댄다

한 시간 수다 힘들다
열 받는 폰 속에
구수한 정 구워낸다

고구마

그때 그 맛
반으로 쪼개면
하얀 밤 속 달콤함이
수업시간 머릿속 흔들고

수업 끝난 하굣길
가쁜 숨 헐떡이고
넘어지며 달려온 몇 고갯길
가마솥 열며 내뿜었다

눈 쌓인 볏단 속 감춰둔 비밀
수줍듯 드러나면 행여나 뺏길세라
꼭꼭 숨어 먹던
사각사각 겨울 아이스케끼

저녁연기 굴뚝 떠나면
예쁘고 날씬한 몇 알
아궁이 잿불에 넣어두고
문지방 닳도록 들락거리던
그 냄새 그 맛 고구마야

땅에서 흔드는 손

놀란 가슴이 예 갖추고 달린다
라디오의 입과 내 귀 하나 되어
이승 놓고 떠난 벗님 배웅간다

모든 만물이 행하는 일상
해는 길을 떠나고
달도 자리를 떠나 지구를 돈다

아파트 건물도 보이지 않는
이별로 낡아지고
몸도 젊음과 어제를 이별한다

전생에 연 있어 부부로 만나
저 세상 보냄으로 슬픈 이별
사랑하는 내 친구야

님 보냄을 서러워 말고
손 흔들어 세월 보내듯
보내드리렴 그리고 그리고
천상에서 눈길 오거든 반짝거리렴

김장하는 날

흰 눈 펄펄 머리 위에 사글고
황석어젓 다린 냄새
왁자지껄 배추밭에 동네 사람 모여든다

파란 치마 배둥이
부끄럼 모르고 속살 내보이니
수레 끄는 아저씨 걸음도 비틀비틀

동네 큰 그릇 빨간 장갑 다 모여
형님 웃음소리 동서 도마소리에
시아버지 흥얼거리는 흘러간 옛 노래

걸쭉한 찹쌀풀에 고추 마늘
한 가득 풋거리 주저앉히면
젊은 아낙들 손놀림에 땀방울 열린다

매운 고추 시집살이 싹싹 비벼 뒤섞이고
아린 마늘 가슴앓이 하얀 무채에 버물어

눈물 나도록 혼쭐나는 어른들 쪽파 사랑

고기 삶는 냄새 누운 할매 부르고
알배기 노란 잎에 빨간 속살 고기 올려
서운한 시엄니도 한 입 미운 시누는 두 입

서운함 삭이고 무거움 거두어
이집 저집 오가며 한겨울 정쌀을
동네잔치 김장하는 날

꼬마 눈 속에

동녘 벌건 바다 하얀 소금밭
지푸라기 이고 앉은 사랑채 안채
비오면 신발 물고 놔주지 않던 흙마당

높고 낮은 낟가리 네다섯
볏단 콩깍지 깻대
겨우내 쉬는 소 힘 기른다

눈 덮인 봉우리 헌 옷가지 들춰
작두질한 볏짚 콩깍지 메꼬리에 담아
가마솥 입에 붓고 쌀보리 씻은
뜨물로 만든 이상한 소의 밥

아카시아 나무 독수리 발
손 찔리며 솔가지 불붙이면
솔향에 여물 익는 냄새

소는 코 벌렁이며 살찌고

군고구마 손주사랑

그리운 할머니네 어린 시절

*메꼬리 → 떡동구미(짚으로 깊게 짠 그릇)
*낱가리 → 나무 풀 짚을 쌓은 더미

큰 아들 결혼

내가 어른 되던 날
너는 나와 모자 되었지
온가족 축복 외칠 때
그 작은 입술로
엄마 가슴 잘도 찾았지

미숙아로 태어나
탈 없이 자라주고
속 깊은 너는 애지중지
나의 삶으로 자리 잡았지

세상 버리고 싶을 때
자석처럼 나를 당기고
청소년 시절
동생들 끌어주는 힘이었고
성년인 지금은
아버지의 버팀목이 되어 있는 너

이제 너도
어른이 되려 하누나
그래 잘 살아라
행복하여라

여기까지 만도
너의 도리는
너무나 장하고 백을 채웠노라
이제는 여한이 없구나
내 사랑하는 아들아

손주 오는 날

은빛 햇살 나를 포옹한다
조금만 더 기다리면
해맑은 눈망울 살래살래
"멍머한매" 부르며 들어올 것이다
내 영혼 몽땅 가져가
깊고 깊은 짝사랑
깊은 샘 속에서 허우적거린다

보고파 하늘이 까말 때도
온 우주가 텅 비어
덩그러니 혼자이기도 했다

인내 심어준 내 강아지
아 기다리다 만나면
볼 딱지 꼭꼭 마구마구
주물러 터뜨리고 싶다

온 종일 내 영혼을 둥둥 띄운

내 사랑 가고 나면
육신은 고꾸라진다

둘로 떨어진 몸 빙그레 웃는다
다시 한 시간도 안 되어
내 눈 속에서
아짱아짱 걸어다닌다

　　　　*멍머한매 : 개를 키운 할머니

기다림

도시가 텅 비었네
활력이 집을 나가고

바람은 잠을 자는데
가슴엔 세찬 바람 분다

시계 바늘은 움직이는데
시간은 멈추어 있고

아직도 남았느냐
문밖에서 들이치는 햇살

기다림은 하얀 눈길
바쁜 걸음 더딤이어라

이경숙

교육공무원 정년 퇴임
『한국현대시문학』 등단
죽전시문학 회원
용인문인협회 회원

어느 봄날

모든 것이 한 순간이더군

새끼손가락 문틈에 끼어
짓이겨지는 것도
눈 깜짝할 사이더군

신경은 끊어지고
붉은 피 뚝뚝 흘러내려
프랑켄슈타인처럼 꿰매놓은 상처
벚꽃이야 피건 지건
아픈 손가락만 보이더군

따사로운 햇살
연분홍 진달래 꽃잎 삼켜 버린
내 칠순의 봄날도
영락없이 그렇게 가버리더군

타임푸어 세상

바쁘다 바빠

할 일은 많고 시간은 없고
타임푸어* 늪에 빠져 있네

멀리서 보면 한가로워 보이지만
가까이 들여다보면
모두가 바빠

엄마 손 잡고 어린이집 가는 아기
학원을 다섯 군데나 뼁뼁 도는 아이
핸드폰 들여다보는 전철 속 풍경
모두들 한눈 팔 사이 없이
앞만 보며 달려가네

천천히 가면 뒤처질까 두려워
팽이처럼 팽팽 돌고 돌아도
내일 위해 열심히 살아내네
타임푸어 세상을 거뜬히 이겨내네

*타임푸어 : 브리짓슐트
 의 책 제목

리셋버튼

컴퓨터가 버벅거리면
그냥 리셋버튼을 누르지
완전히 껐다 켜면
감쪽같이 새로운 화면이 떠오르거든

내 인생이 배배 꼬였다고
리셋버튼을 누를 수는 없잖아
죽었다 다시 태어나는 버튼은 안 보여

힘내
마음만 굳게 먹으면
다시 태어날 수 있어
그렇게 될 거라고 믿고 가는 거야
천만 갈래 바람이 불어와도
리셋버튼 누르기를 포기하면 안 돼

가을 햇살 바른 창가에 앉아
따끈한 아메리카노 한 잔

행복 버튼이 저절로 켜지던 걸
리셋

참 쉽구먼

나이스 밋츄 미스터 프레지던트

세기의 담판장 카펠라 호텔
별이 촘촘한 성조기
붉은 별 하나 인공기
깃발 사이에 바람 한 점 일어난다

숨막히는 순간
붉은 카펫 포토타임
검은 인민복 긴장된 체어맨
입을 꾹 다문 빨간 넥타이 트럼프
세기의 악수 12초 아이스 브레이크
나이스 밋츄 미스터 프레지던트

"발목 잡았던 지난날 관행이 눈과 귀를 가렸어요
모든 것을 이겨내고 이 자리까지 왔습네다
여기까지 오는 길 쉬운 길은 아니었지요"*

악수 뒤에 트럼프 엄지 척
세계의 눈과 귀 활짝 열려 있으니

한 치의 거짓도 없어야 하리

핵 단추
리틀 로켓 맨
괌 폭격 으름장
미제 늙다리 미치광이
모두 바람에 실려 날아갔으면

통일의 맞바람 힘차게 불어라
나이스 밋츄 미스터 프레지던트

*김정은의 발언

살아보니 그래

애달파 하며 살았어
모든 게 잠깐이더군
힘들면 힘든 대로
살아지더라
키 큰 소나무가 아니면 어때

풀숲에 하얗게 피는
찔레꽃으로 사는 것도 좋아
유월바람에 흔들리며 사는 거야

기쁨은 순식간에 사라지더군
즐거웠다면 됐어
웃음도 눈물도 섞여야 제맛이지

살아보니 다 부질없더라

졸졸졸 물 흐르듯
내 안에 사랑 하나 익혀가며

밤송이로 살아가면
어쩔 거야

살아보니 그래

동네 찻집의 여름

말복
111년 만의 역대급 더위
창밖의 기온 39.6도
우리집 방안 온도 34.2도
폭염의 연속

독한 더위에 정신줄 놓을세라
시집 한 권 들고
동네 커피숍으로 피난 간다
얼음 동동 아메리카노 한 잔
모든 세포가 꿈틀댄다
몸도 마음도
에어컨 앞에서 오소소 소름을 즐긴다

조용한 커피집
별안간 와글와글
동네 낯익은 아저씨들
목소리를 낮춘다

"저녁 뭐 먹을래"
"보신탕 먹으러 갈까"

모두들 고개 돌려 복날 창밖을 본다

대박

길가에 툭 떨어져
생을 마감한 매미 한 마리
개미떼 달라붙어
집으로 가져갈 태세
탱탱한 뱃살 뒤집혀
그 자리에 요지부동이다

언감생심
무슨 수로 개미굴로 끌어가려나
백 날을 붙어있어 봐라
천 날도 모자랄 걸

아뿔싸

세상엔
안 되는 일도 더러 있다는
세상 이치 깨달은 줄 알았는데
뱃속으로 작은 터널 뚫어놓고

들락날락 감쪽같이 해치우다니
개미의 한 수

대박

두타연에서

금강산 가는 길목
평화누리길
천 년 전 두타사는 간데없고
바위틈 헤집고 내려온
금강산 물줄기
두타연 맑은 연못에 몸을 담그네

한반도 지형 모습으로 흐르는 폭포
포탄 껍질 녹슨 철모 뒹굴고
피의 격전지 펀치볼 분지
제4땅굴 들어가는 길은
가슴이 서늘한데

짙푸른 나무 빽빽한 산봉우리
피 흘린 영혼 잠들고
보라색 벌 개미취는
저 혼자 빛을 발하네

비무장지대
지뢰밭 사이로
솔솔 솔바람 남북 넘나드니
금강산 오르는 길 이어지려나

누리달 유월

푸르지 않은 나무가 없네
창으로 넘나드는
시원한 바람
온몸을 부둥켜 안네

새소리 가득한 창밖
밤새 오던 비는 멈추고
줄지어 달리는 오토바이 소리
내 마음 덩달아 들뜨게 하네

파란 잎새 돋아난 텃밭
상추 고추는 꽃처럼 빛나고
멀리 안개를 뒤집어쓴 산허리에
유월의 아침이 오네

오늘을 살리라
쉴 새 없이 춤추는
나뭇잎 파도 위에
당당히 올라서서
꿈꾸듯 유월을 누리리라

시 한 편

나태주 시집을 읽고
또 읽고
인터넷을 뒤적거리고
메모장을 넘기며
쓰고 또 지우고

새벽예배 드리며
나도 모르게
시 좀 생각나게 해 주세요
슬그머니 볼 뜨거워 눈을 감는다

내 바램까지 들어 주려나
어이없는 간절함에
하나님도 한바탕 웃으시리

이것도 시다

시 한 편
술 술 써내려 간다
뭔 일이라니

그뿐이더라

모든 것이
때가 되면 변하더군
숨 막히던 열대야 간데없이 사라지고
바람도 서늘해진 것 봐
기적 같기도 해

폭염 속에서 시퍼렇게 살아나서
태풍 사나워도 끄떡없는 산
세찬 빗줄기 지나간 자리
맑게 갠 하늘 아래 더 푸르더라

나이 들어 봐라
노여울 것도 용서하지 못할 일도 없더라니
이것저것 모두 한 품에 끌어안고
추적추적 빗길을 걸으며
붉게 물든 단풍 속으로 스며들면 그뿐

그뿐이더라

임정미

죽전시문학회 회원

부추밭 부정夫情
아무렴요
새 별명

부추밭 부정夫情

늙은 시어머니는
텃밭에 앉아
부추를 뜯는다

감나무 하늘 높이
양팔을 벌리고
낯익은 발자국 소리에
그림자도 자라난다

주름 뜯긴 치마폭
마음의 박음질로 깁고
깔끄막 지아비 무덤가
부추꽃 한 움큼 바친다

키만 쏘옥 올라온
새하얀 부추꽃
지아비의 햇살이
가을 들판
부추밭을 감싸 안는다

아무렴요

등 굽은 작은 체구의
어머니
내 손을 끌고
집을 나선다

어머니 내 손 잡고
나는 어머니 손 잡고
걸어가는 밤나무숲

바람이
가을의 밤나무를
흔들어댄다
하늘 위에서
톡 톡 터지는
삶의 알갱이들

가끔
풋것인 그것의 속살

빨간 장화 신은 나는
가시밤송이를 밟는다

"덤불이 무서워요, 어머니"
"아따, 뭐시 무서워야
요것으로 풀 비어감서 밤 주워라
나는 무거워서 작은 것 들랑께
니가 큰 낫 들어라 잉"

바지에 들러붙은
도둑놈풀에 놀라
발 동동
쓰르르 풀벌레
산바람 소리에도
등허리가 젖는다

"뱀 나올까 무서워요, 어머니"
내 말

듣는 둥 마는 둥
작은 낫 하나 든 채
팔순의 노모는
저쪽 머얼리 사라져 버린다

가시옷 벗은
밤알 사이로
속삭이는 현기증

네, 어머니
아무렴요
아무렴요

새 별명

누군가 저더러
'새댁' 이라 부르대요
제 나이 오십
결혼한 지 이십여 년
그래도 저보고
새댁이라 부르네요

이마엔 가로 주름
불그뎅뎅 얼굴
아래로 처져만 가는데
그래도
어떤 이가 저한테
새댁이라 부르네요

이러다
진짜 새댁 될까
혼자 깔깔 웃어요

최영희

죽전시문학회 회원
가천대 평생 창시과 수료

바람의 재회

두 해 만에 바람이 분다
강물 속, 별의 지느러미에
시간은 희미하다
바람은 마음밭에 꽃을 흔들고
피가 흐르지 않는 박제의 심장을 두드리고
원자와 원자의 만남은 신의 불멸의 코드
폴더폰식 인사를 한다
반. 갑. 네. 요. 싱싱한 소리 듣는다
그대는 8월에 핀 백일홍에 환한 미소

새 떼들의 협주곡

공항건물은 푸른 색 수다들이 줄기가 엉켜
기대서서, 싱싱한 풀밭을 이루고
새 떼들의 협주곡 뽕짝을 연주한다
옳다
13시를 막 지나 수다들 흩어져 탑승 끝
황금날개를 펴고 바람을 만난 새는 높이 오른다
풍뎅이만도 못한 나는
타자인, 비행기의 심장이 나의 주인이다
높이 상승한다
과속 난기류에 날개가 불안하다

Last Scene

흰 국화꽃밭에 영정사진을 묻어 놓고
미소가 밝다
황금 이빨이 빛나는 라스트 신 그대 앞에

구름 집단은 엄숙한 눈물이 경종을 울렸다
보름달에 라스트 신의 창조는 제 살을 베어낸 손톱달

나는 알지 못하네 그대의 벼슬탑의 높이를
입법 봉사자

가난한 별들과 힘없는 운석, 찢어진 구름에게
그대에 황금 지팡이를 던져버렸다

공소권 마감
꽃의 라스트 신은 향기가 아니다 씨앗이라고

        *아버지 저자를 용서하소서, 저들은 저들이 하는 짓을 모릅니다(누
        가복음 옮겼다).

과속 여객기

흰 구름 집단을 지나, 사막을 점령한 바람을 물리치고
검은 바다를 넘어 과속 난기류에 승리한 금속 여객기
산자락에 드문한 집들이
파킨슨병에 손처럼 원근법은 떨고
도시의 빌딩들이 눈에 꽉 차, 문득 뇌졸의 순간
심한 구토를 느끼며 여객기는 아스팔트길에
쿵! 펄펄 끓는 폭염에 활주로를 포옹한다
후우!

바보신문을 의자 주머니에 쑤셔 박았다
여객기를 탈출한다

오래된 그늘이 긴, 오후

버스 속은 오싹 에어컨이 보살이다
가이드 노 XX입니다, "웬 노가야!" 쉰살 아재
북한식 말투, 길림 출신, 황산가이드 십년 짬밥
에이 귀에 걸리는, 수식어를 에이 말이 요철을 넘는다
에이 에 중독 옛날 중국이 아니다 에이
후진성 노예근성 게으름 뤼쉰 회초리에 체벌은 끝났다
자랑을 한다
가이드 아재는 자신감이 넘쳤다
우산을 펴 서있는 별을 막고, 쉬즈 박물관에 잠입

꽃할배

둥근 달 닮은 보통사람 얼굴
바짓가랑이를 접고, 소박한 옷차림
황산을 배경으로 찍은 사진 앞에 섰다
중국의 개방 개혁을 이끌어온 작은 거인 꽃 소평
검은고양이 흰고양이 노래하는 꽃 노인
전제의 만리장성을 밀물이 넘는다

짬뽕이냐, 짬짜냐

중국 몽 굴기를 선언

뿔 달린 사자를 욕망하는 중화

틸러슨이 멍청이라고 부른 미국 대통령 트럼프

관세 밥상을 걷어찬 독수리

시진핑도 맞받아쳤다

독수리와 용의 진검승부

짬뽕꽃인가, 짜장이냐, 짬짜 모란꽃이냐

짝퉁 누룩에 취한 龍

시간을 잃어버린 고장난 벽시계와

연대를 알 수 없는 도자기

비렁뱅이 박물관을 두고 탈출

회초리를 든 뤼쉰

태양볕이 서 있는 봉건 옛길에
청시대 1760년 어깨를 맞대고 있는 고건축
시장으로 태어났다
정교한 손 조각, 수묵 산수화, 그림 부채, 기름 타는 냄새
붉은 글 간판들 뤼쉰의 회초리가 부활한다
울렁울렁 두통이 왔다

바늘구멍 속에 배를 띄우고

바늘구멍 속에 배를 띄웠다
지갑을 열지 말 것, 보고 느껴보기, 봉건시대의 팔자걸음
을 걸어보자
라텍스, 늙은 17년 보이차 앞에서 귀에 열쇠 잠그기

조공밥, 천년

조공밥은 미래의 거울이다
천년의 조공밥상을 받쳤다
조선왕조의 눈물을 무덤에 묻고
조공을 벗은 역사를 위해 샴페인을 터뜨리자
뿔 달린 사자 중화
뒷걸음치는 중국 몽

묻지 마

중국은 큰 산, 큰 나라
우리나라 작은 산, 작은 나라
하나의 공동체
사대망상 부활

표석화

서울 출생
경인 교대, 교원 대학원 졸
교육공무원 정년 퇴임
죽전시문학회 회원
2013년 『한국현대시문학』 겨울호 등단
2014년 시집 《손녀이야기》 출간

농부 이야기

– 장주철 남편

봄을 지나며
앵두 보리수 체리가 빨강빛으로 오월을 장식한다

여름이 가까워지며
매실 자두 살구가 열매를 뽐내고
팔월엔 부드러운 백도가 복숭아 맛을 자랑한다

호두는 가을 구월에 따고
시월이 되면 왕대추를 마지막으로
땡감도 은행도 덩달아
농장의 저녁을 붉게 물들이고 내일을 속삭인다

우리 할미

– 김단아 손녀

포근포근
어부바 등이 따뜻해요

따뜻한 손
아픈 배 만지면
싸악 나아요

몽실몽실 배 위에
손을 올리면
잠이 스르르

*용인 신촌초 1학년

오랜 친구들

여고 졸업 후
1969년 교대에서 같이 공부한 친구들

경기도 양평 파주 안양 성남
돌고 돌아 2002년 용인 풍덕에서
여섯 친구 만났다네

이쁜 친구는 일찌감치 시집도 가고
멋진 친구는 교회 봉사로 권사님 되고

세 친구는 정년까지 초등학교
꼬마들 속에서 살고 있었네

아프리카 사랑에 빠진 친구는
그림도 수준급이야

2015년 모두
경로카드 받아 전철 타고

경로석에서 안심하고 웃으며 앉아
여행한다네

이쁘고 멋지고 키 큰 친구들
65세 되니 여섯이
고만고만하다며 웃음을 터트리네

아무도 없네

아침저녁 40년을 등하교하며 살다
퇴직하고 나니
내 옆에 아무도 없네

죽전도서관은 휴관이고
탄천은 땡볕이고
갈 곳도 없어

퇴직 안 한 친구 모임은 저녁 6시인데
아침 9시부터 집을 나와 헤맨다

혼자 골뱅이 든 비빔국수 먹고
영화관에 갔다

혹시 연세가 많으세요
할인해 드릴게요

당당하게 혼자 앉아 무서운 영화 보고 나왔다

저녁이 되려면 아직도 멀었구나
하루가 참 길다

집을 향해 걸으며 '피식' 웃기도 한다

일부러

착한 척하는 거지
고해 시 신부님께는
아주 작은 목소리로 말하면서

못난 척하는 거지
보통사람 연봉을 한 달에 혼자 쓰는
잘난 친구 앞에서는
혼자서 물러앉아 듣고만 있으면서

바본 척하는 거지
새로 산 독일 압력솥을 시커멓게
태워 놓고 시치미 떼고 모르는 척

잘난 척하는 거지
남편과 손주들에게 큰소리치며
우아하게 시 쓴다고 무게 잡고 살지요

북으로 난 창

반듯한 방 하나
도척초 운동장으로 북창이 숨을 쉰다

재잘대는 아이들
월요일 조회 애국가
쉬는 시간 알리는 음악

커다란 느티나무 그늘 속 참새들의 지저귐
학교 건물 시계 초침 돌아가는 소리

퇴직한 지 육 년 된 지금
아이들이 돌아간
텅 빈 운동장

낙엽이 바람에 구르고
밤알이 불쑥 터져 나오고
오늘도 북창이 숨을 쉰다

시인 고양이

뻐꾹 뻐꾹
삐삐
봄날 뻐꾸기 소리

스스로 둥지 틀지 않는 뻐꾸기
새끼 부르는 어미의 소리

개개비 둥지에 맡긴 알에서
깨어난 뻐꾸기 아기

엄마의 먹이 독점하고
작은 개개비 아기 밀어서
둥지 밖으로 떨어뜨린다

커다랗게 자란 뻐꾸기 아기
엄마의 노래 듣고 날아간다

뻐꾸기와 개개비의 소리
엿듣고 있던 고양이

게슴츠레 눈을 떠 시인처럼 하품한다

작은 창 앞에서

하얀 눈이 소복소복 내리고 있다
집 앞 마당 폐지 더미 위에
눈은 쌓이고

이 오두막에도 흰옷 입은 길손이 찾아오는가
환한 가로등이 사락사락 눈발을 비춘다

오늘 밤도 둥근달은 뜨지 않고
마당가에 흰 눈만 쌓이네

오 둥근달

한 달만에 동창에 보름달이 걸렸다
하늘 높이

둥근달이 점점 이지러지고 멀어지고
한 바퀴 돌고 도는 동안

나는 기다리고 있었네
반갑다. 둥근달
창을 환하게 비추며 웃고 있는 달아

나의 잠을 간지럼 태우는 달아
만삭의 달빛 속에 시 한 편 내려주렴

작은 창이 있는 집

거실 침실은 동향
옷방은 남향

창문 너머
길가는 사람들 발자국 소리
귓전에 스며든다

창문마다 산들바람
두통은 머릿속을 나가고
별무리 침실을 밝히는
나의 작은 집

둥근 달빛 창으로 들어와
나는 환한 빛을 따라 잠이 든다

개구리 운다

만 보 걷기를 할 때
개구리 한 마리 길 가운데 웅크리고 앉아
덤벼들듯이 꿈쩍도 안 하네

외면하고 그 길 지나 돌아와 보니
이미 그 개구리는 형체가 없어졌네

어머나
아스팔트가 묘지로 변했네

다음날 근처에 똑같은 개구리
이리 오너라
손을 잡고 멀리멀리 보내줬다

산골 농부가 장화를 신고 뚝 밑으로 들어간다
손에 든 물통 속에는 개구리가 한가득

맙소사
여기도 공공묘지가 있었네

바람 부는 날

나뭇가지에 사이좋게 매달려
여름 내내 푸르던 잎

후드득후드득
가을바람에 소리 없이 떨어져

침묵을 속에
키워준 땅에 숨죽이고

휙휙 바람에 깨어난 낙엽
다시 일어나 한 무리 나비 되어 훨훨

자유롭게 떠다니며
이리저리 무리 지어 다니는 잎새
혹여, 그대에게 가을 편지를 전하는가

강으로 가는 거북이

미국으로 간 손녀
차이나타운 가게에서 작은 아기 거북을 샀다

애지중지 돌본 덕에
어른 손바닥만큼 큰 거북이 두 마리

삼 년만에 한국 다녀가야 하는데
놓아주지 못하네
자동밥그릇 만들어 주고

거북이 안부가 미국과 한국을 오갔다
작은방에서 같이 지내기 힘든 거북일 보며
마음을 비워야 하네

거북아 가자
콜로라도 큰 강에 고향 찾아가자

뒤도 안 돌아보고 신나게 물속을 헤엄쳐가는 거북이

The Turtles Who Went to the Lake

- Dana Kim 손녀

Granddaughters who went to California,
When they went to China Town they bought two baby turtles.

Because they cared for them so much,
They were big as an adult's hand.

After three years they needed to visit Korea but,
They can't let the turtles go.
So, they made the turtles a machine to give them food.

The turtle's news finally got to Korea from California
Seeing the two big turtles in one small cage,
They need to decide to release the turtles.

Let's go turtles,
Let's go to the Colorado River to your habitat

The turtles don't even look back and goes.

*Hancock Park 5th grade

길

매일 걷는 길
마을 골목 지나 산길 오르고 내리고
늘 같은 길인데 다른 길 되곤 하네

햇살 가득한 길
빗물 넘치는 길
꽃들의 화사함 채워진 길

다람쥐 숨바꼭질
산새들 지저귐 가득하고
바람에 일렁이는 나뭇잎 소리 싱그럽구나

골목길 울타리 빨간 장미 장식하며
담장 너머 감나무 노란 감꽃 피더니
어느날 빨강 홍시 달려 있네

하얀 눈 반쯤 덮인 연시
까치에게 제 살 내어주고

앙상하게 매달리며

그렇게 계절이 바뀌어도
나 또한 내 갈 길을 가고 있네

*2017년 용인 정류장시

아모르 파티

너는 만 보 걷기 하며 성당 가고
저 노인 폐지 줍는다

누구는 골다공중 치료받으러 병원 가는데
누구는 일본여행 간다네

누가누가 잘 살고 있나

백조는 하얗고
까마귀는 검은색이네

새는 하늘을 날고
뱀은 땅을 기네

아모르 파티
운명대로 살아라

가슴이 뛰는 시를 쓰고 싶은 마음만 가득, 아름다운 시를 읽고 가슴이 뛰는 것에 만족하려 하지만 자꾸만 미련이 생기는 창작의 욕심으로 또 한 권의 시집이 만들어졌습니다. 죽죽 커가는 대나무처럼 우리 죽전시문학회의 발전을 기원합니다.(손선희)

알면 알수록, 가면 갈수록 시 고개 넘기가 힘에 부친다.
새벽잠 설치며 씨름하다 낳는 겨우 한 줄의 시,
그것도 다시 보면 시답잖아 긋고 지우기를 수십 번,
시의 길은 평탄한 내리막이 없나 보다.
뭘 모를 땐 부끄러운 줄도 엉망인 것도 깨닫지 못했다.
이제 쥐방울만큼 알아 가는 단계, 몇 걸음 뗀다.
세상 밖으로 내놓기 부끄럽고 또 부끄럽지만….
바쁜 일 마다않고 항상 이끌어 주시는 김태호 선생님께 감사드립니다.
늘 반기며 힘이 되어 주시는 죽전시문학 선후배 시인님께도 감사드립니다.
행복한 한 해를 보내며 사랑합니다, 여러분!(혜담)

죽전시문학회 문집이 벌써 여섯 번째 나오네요.

많이 기뻐요. 그동안 개인적으로 많이 힘든 한 해였지만 잘 견뎌 낼 수 있게 다독여 주신 회장님과 회원 여러분께 감사드립니다.

김태호 선생님의 훌륭하신 가르침으로 좋은 시를 써 내려 갈 수 있어서 더욱 행복합니다. 살면서 이렇게 소중한 만남이 또 어디 있을까요?

모두 모두 고마워요. 꾸벅꾸벅 ·+· (이경숙)

시를 쓴다는 것은 힘들기는 하는가 봐.

일주일에 한 번 하는 모임에 한 편의 시 때문에 고민을 하고 이렇쿵 저렇쿵…

그래도 버티는 님들 대견스러워라…

죽전도서관 열람실 앞에 세워진 베너 "시 창작과 낭송"

관심있는 사람 오셔요, 하는 홍보물 제 값을 발휘하기를 기대하면서…… (밀물)

김태호 선생님과 2013년부터 시작된 죽전시동호회 똘

똘 뭉쳐 절대로 허물어지지 않을 벽을 쌓고 지낸 해였지요. 산골로 귀농했다고 핑계 대고, 몸도 마음도 아프다 하고 시 낭송만 관심 있다고 하는 소녀 같은 새 회원님, 머나먼 나라에 가서도 항상 마음은 죽전시동호회에 있는 회원님, 새 회원님을 초대한다고 도서관 입구에 써 붙여 놓고 기다리다, 실망하고 그래도 2018년 시집은 만들어지고 있네요.

　모두 모두 장하다. 아모르 파티.(표석화)

　"사람의 가슴 속에는 누구나 다 시가 들어있다"는 글을 읽고 부지런히 시를 퍼냈다. 가난한 마음에 저장량이 적어서인지 간신히 한 편씩 태어났다. 숫자보다 내용이 더 빈약했다. "시란 시인이 쓰는 것이 아니라 시인이 발견하는 것이다"라는 솔깃한 말에 의지해 내년에도 아름다운 시의 대상을 찾아 나설 것을 다짐해 본다. 죽전시문학회 동인지에 세 번째로 습작시를 상재할 수 있도록 시 지도를 해 주신 김태호 선생님과 시 선배 회원들의 열띤 응원에 감사드린다.(수천)

죽전詩마을

·

지은이 / 죽전시문학회 편
발행인 / 김영란
발행처 / **한누리미디어**
디자인 / 지선숙

·

08303, 서울시 구로구 구로중앙로18길 40, 2층(구로동)
전화 / (02)379-4514
Fax / (02)379-4516
E-mail/hannury2003@hanmail.net

·

신고번호 / 제 25100-2016-000025호
신고연월일 / 2016. 4. 11
등록일 / 1993. 11. 4

·

초판발행일 / 2018년 11월 15일

·

ⓒ 2018 박춘추 외 Printed in KOREA

·

값 10,000원

·

※잘못된 책은 바꿔드립니다.

·

ISBN 978-89-7969-786-5　03810